JN163623

古典から生まれた新しい物語＊ふしぎな話

# 迷い家

日本児童文学者協会・編
平尾直子・絵

# 目次

やねうらさま　村上しいこ――5
魚心あれば？　二宮由紀子――33
迷い家　廣嶋玲子――63

三びきの熊　小川糸 —— 85
〈古典への扉〉笑ったあとで背筋が寒くなるような　宮川健郎 —— 114

## このシリーズについて

この本に収められているお話は、四人の作家が古典作品からインスピレーションを得て創作したものです。「古典をヒントに新しくつくられたアンソロジー」といいかえてもよいでしょう。

それぞれの物語の最後に、作者からのメッセージがあります。ここで、作家はどの古典作品をとりあげて執筆したのかを明かしています。それらは時代や国を問わず、また、文学作品だけでなく、民話や伝説など幅広いジャンルからえらばれています。だれもが知っている有名な作品もあれば、あまり聞いたことのないものもあるはずです。どんな古典なのか、予想しながら読んでみるのもおもしろいでしょう。

また、巻末には、古典にふれる案内として、解説と本の紹介ものせました。作品を読んで、その物語が生まれるきっかけとなった古典に興味をもった読者は、ぜひ、そちらのほうにも手をのばしてみてください。

編者／日本児童文学者協会
編集委員／津久井惠、藤真知子、宮川健郎、偕成社編集部

# やねうらさま

村上（むらかみ）しいこ

「れいきくん。きみって、ぼくの友だちだよね」
とつぜん、ろうかで、みなとくんにそんなことをいわれて、おどろいてしまった。
いつも無口なみなとくんだけど、きょうは、思いつめたような目をしてる。
「あたりまえじゃん。なんでもいって」
こんなときこそ、話を聞くのが、友だちってもんだ。
「よかった」
空気をいっぱいに入れた風船みたいに、みなとくんの笑顔がはずんだ。
「それで、なんなの？」
ぼくは、まわりを気にしながら聞いた。
おなじクラスの男子たちが、追いかけあいながら、電車みたいに通りすぎた。
そうぞうしい。まどをあけて、二人で顔をつきだした。
「あのさ。たいしたことじゃないんだけど、ぼくの家に、とまりにきてくれないかな」
「えっ？」
おどろいてると、みなとくんは、あわてた顔になる。

「うちのお母さんが夜勤の日だけで、いいんだよ」
「夜勤の日だけ？」
みなとくんは、お母さんと二人ぐらしだ。もう死んじゃったのか、お父さんの話は聞いたことがない。お母さんは病院ではたらいていて、ときどき、夜でていって、朝まではたらく日があるといってた。
そのことだ。
「わかった」
うちなら、だいじょうぶだろう。
お母さんは、薬局でパートの仕事をしていて、みなとくんのことも話題にのぼる。たいてい、一人で留守番してるのがたいへんだってことだけど、ぼくにしてみれば、うらやましい。
だって、夜、じぶん以外、家の中にだれもいないなんて、わくわくする。
とまりにいく話をすると、
「うちへきてもらったら？」

なんて、お母さんはいったけど、そんなの楽しくない。十分おきに、ようすを見にきそうだ。

みなとくんと二人なら、寝る時間を気にしなくていい。ずっとゲームをしたり、しゃべったり、宿題だって、いっしょにすれば、すぐにおわりそう。

夜、お母さんに、車で送ってもらった。

明日は学校が休みだから、えんりょなく夜ふかしできる。

「おかしばっかり、食べちゃだめよ！」

「わかってる」

「あばれて、家のものをこわしちゃだめよ！」

「わかってるよ」

返事しながら、だんだんとテンションがあがった。

ところが、玄関をあけたみなとくんは、いつもとかわらない顔をしてた。

「どうも、すいません」

お母さんに、弱々しく頭をさげる。
そしてぼくには、
「ほんとうに、きてくれたんだね」
テンションひくっ！
アクションよわっ！
二人で楽しく、さわぐつもりじゃなかったのか。
リビングで、さっそくおかしを食べながらゲーム、かと思ったら、テーブルにひろげてあったのは、宿題。
そして、宿題がおわると、さっさとおふろ。
ぼくは、湯船につかりながら、体をあらうみなとくんの背中をながめていた。
なんでぼくは、ここによばれたんだろう？
ぼんやりと思っていたときだ。
「やっぱり、いっておいたほうがいいかな」
鏡にうつったみなとくんの目が、こっちを見ていた。

「えっ？　なにを？」
「ぼくの部屋で、いっしょに寝てもらうけど、いいよね」
「うん。いいよ」
もちろん、ぼくはそのつもりだった。
でも、それがどうしたのだろう？
おふろからでて、パジャマにきがえ、みなとくんの部屋へいった。
「どっちがいい？」
ベッドと、ゆかにはふとんがしいてあった。
「ふとんでいいよ」
すると、みなとくんは、ベッドにこしをかける。
まっ白なパジャマが、病人みたいだ。
「あのね。最近ぼく、一人だとねむれないんだ」
みなとくんが、やっと重い口をひらいた。
そういえば、学校でも、ときどきねむそうにしていた。

授業中、あてられても、答えられないときがある。
「なにか、なやみがあるんだろ。力になるよ」
すると、みなとくんは、こういった。
「夜中に、やねうらさまがでるんだよ」
「やねうらさま？」
ぼくは思わず、天井を見た。
「なにかいるような気配がして。何度も起こされて」
「それで、ずっとねむれなかったの？」
「うん。お母さんがそばにいると、気にせずに寝られるんだけど」
なるほど。それでぼくが、お母さんのかわりによばれたってことだ。
「それって、ゆうれいかな？」
ぼくだって、ゆうれいがでる部屋で、寝る自信はない。
「わかんない。おかあさんが、それはやねうらさまっていって、家をまもってくださってるんだよ、だから安心していいって」

「じゃあ、見たことはないんだ」
「うん。でもきょうは、れいきくんといっしょだし、ぐっすりねむれると思う」
完全に、あてにされてるみたい。
みなとくんは電気を消すと、すぐに寝入った。
すーすーと、寝息が聞こえる。
よかったね、みなとくん。
思って、いや、ちょっとまってと、大きく目をあけてしまった。
ちっちゃな豆電球がついている。
天井は、いわゆる木目調。本物の木かどうかはわからない。
いや、そういう問題じゃない。
そう。こっちがねむれなくなってきた。
上半身だけ起こして、みなとくんを見る。口を半びらきにして、よくねむっている。
いいことしているような気がして、少し安心した。
もう一度、ちゃんと横になる。

ふとんにもぐってみる。
足のあいだに、ふとんをはさんでみる。
うつぶせになってみる。
ああ、だめだ。どんなかっこうをしても、ねむれそうにない。
何度か、みなとくんを起こそうか、なやんでやめた。
そりゃそうだ。みなとくんがぐっすりねむるために、ぼくはよばれたわけだから。
ここで起こしたら、本末転倒……だっけ？　ミイラ取りがミイラになる……？　こういうとき、なんていうんだっけ？
と、そのときだ。
——ガサッ、ガサッ、ガサガサ。
天井のむこうで、音がした。
神経が、たこあげの糸みたいに、上にむかってピンとはった。
もしかして、やねうらさまって、これかな。
墨汁をこぼしたように、ぼくの心の中に不安がひろがった。

さっきまではなかったしみが、天井にひろがった……ような気がする。
どこからか、ささやき声がきこえてくる……ような気がする。
いや、気がするだけじゃなかった。
天井にひろがったしみは、はっきりと黒い線になり、人の形になった。
見ちゃだめ！
そう思いながらも、目がはなせない。
少しずつ、顔つきがはっきりしてきた。
目も口も鼻も。
まゆげが太い、おじさんの顔だ。
そしてそいつは、ムカデかなにかのように、かべをするするとはっておりると、部屋の中に立った。
いまや、半透明の空気人間みたいだ。
ぼくは、思わず体を起こした。
目と口が、やたらうきでて見えた。

そして、なんとそいつは、ぼくを見てわらった。
目をそらして、みなとくんを見ると、おだやかにねむっている。口をうごかして、なにか食べる夢でも見てるのか。
「見なれない顔だな」
そいつは、ぼくのそばにくると、いった。
「あ、きょうはじめて、とまりにきたんです」
「みなとのクラスメイトか？」
話す感じが、ちょっと上からっぽい。
「あ、はい。お世話になります」
「いや、こちらこそ」
えっ？
こんどはていねいに、そのへんなのが、おじぎをした。
「あのぅ、おじさんは、やねうらさま、なんですか？」
思いきって、きいてみた。

「そう。この家のみんなは、そうよんでるみたいだ」
やねうらさまが、ぼくの前にぺたりとすわった。
こういうとき、なんと聞けばいいのだろうか。
たとえば、テレビなんかで、おとなどうしだと、
「○○さんとは、どのようなご関係で？」
そんな感じで聞くのだろうけど、小学生とゆうれいのパターンは、見たことがない。
でも、聞かなきゃ。
「どうして、この家にいるんですか？」
さすがに、みなとくんがめいわくしているとは、いえない。
なにしろ、相手はゆうれいだから。なにするかわからない。
「まあ、縁というやつかな」
「縁？」
「そうだ」
ぼくは、やねうらさまのいうことを、なんとなく納得することにした。

やねうらさまは、そのあと、すっとベッドへ移動すると、みなとくんの顔をのぞきこんだ。

とたんに、その表情がやさしくなる。

まるで……。

「この子の寝顔も見たし、帰ることにするか」

ベッドのたなにある時計は、もう真夜中の一時だ。

やねうらさまは満足したのか、すうっと、天井へすいこまれるように消えた。

つぎの日の朝、みなとくんは、とてもスッキリした顔をしていた。

「ありがとう。れいきくんのおかげで、ぐっすりねむれたよ」

「よかったね」

反対に、こっちは頭の中が、ぼーっとしてた。

「きのうの夜だけど、みなとくんがいってた、やねうらさまがでたよ」

「ふうん。そうなんだ」

あれっ？　なんだかへん。さらりとながされてしまった。
そうか、あまり、かかわりあいたくないのだな。
しばらくして、お母さんが帰ってきた。
朝ごはんをつくってくれて、いっしょに食べる。やさしそうなお母さんだ。
「ありがとう、れいきくん。みなとのわがままを聞いてくれて。ところで、どうだったの、やねうらさま？」
「うん。れいきくんが、追いはらってくれた。もうでないって」
みなとくんが、さきに答える。
「ねっ、そうだよね」
「いや、そんな……。まだ、たぶんでると……」
「じゃあ、またこんど、とまりにきて。そのとき、なんとかしてくれたらいいから」
「そうね。それがいいわ」
どういうこと？　ぼくには、ウンもスンもいわせない、このながれ。
かといって、なにもいえず、ぼくはつぎの夜勤の日も、とまりにくるやくそくをしていた。そして、ぼくがやねうらさまを追いはらうことになっていた。
家に帰って、ぼくは、あのやねうらさまに感じた、ちょっとした疑問を考えていた。
ソファにすわり、ぼうっとテレビ画面をながめていた。
お母さんが、そばにすわる。
「ねえ、お母さん。『縁』て、どういう意味？」
「縁？」
「うん。縁があって、ここにいるとか」
「それは、つながりってことよね。たとえば、縁結びの神さまとか、れいきとお母さんなら、血縁関係があるっていうふうにつかう」
「血縁？」
「そう。親子だから」
「お父さんの場合も？」
「もちろん」
なるほど。やっぱり。

ぼくは、あのとき思った。やねうらさまが、やさしい顔で、みなとくんの寝顔をのぞきこんでいるとき。

もしかして、やねうらさまって、みなとくんのお父さんのゆうれいなんじゃないかと。でも、じぶんが父親だって名乗るのがてれくさくて、「縁」なんていいかたしたんだ。

そう考えると、納得。

みなとくんは、すがたを見たことないっていってたけど、ゆうれいって、親子では見えないのかもしれない。

一週間がたって、ぼくはまた、みなとくんの家へとまりにいった。

ぼくは、ずっと、やねうらさまとみなとくんとの関係を、口にしようかまよっていた。

そしてけっきょく、なにもいえないまま、寝る時間をむかえた。

「きょうも、ふとんでいいかな？」

みなとくんが、気をつかっていう。ぼくは、どっちでもいいよと、うなずいた。
「今夜、またあらわれたら、よろしくね」
「うん。でも……」
ぼくが、そんなに悪いやつでもないよ、というまえに、
「できれば、もうあらわれないように、たのんで」
そんな、かわいそうなことをいう。
きみのお父さんなんだよって、思わずいいそうになった。
けっきょく、あいまいに答えて、ぼくはふとんの中にもぐった。
今夜も、でるのだろうか。
豆電球の明かりにうつしだされた天井から、ぼくは目がはなせないでいた。
頭の中で、さっきみなとくんがいった言葉を、くりかえしてみた。
——できれば、もうあらわれないように。
ゆうれいに同情するつもりはないけど、それって、ちょっと、ひどいんじゃないかな。

そんなことを思ったせいか、ふいに天井に、例のしみがあらわれた。
みるみるうちに、人の形になった。
みなとくんはといえば、もうすっかり夢の中だ。
今夜は早くきてくれたから、たすかる。
「こんばんは、やねうらさま」
「ああ、きょうもきてたんだ。感心、感心」
「なにが感心なの？」
「それはつまり、友だち思いだから」
「うん、まあね」
こうしてしゃべっていると、いやだとか、こわいだとか思わない。
やねうらさまは、きょうも、みなとくんの寝顔をのぞきにいく。
そのうれしそうな顔を見ると、心がいたむ。だって、みなとくんは、やねうらさまのことを、めいわくだと思ってるんだ。
「ねえ、やねうらさま」

「えっ、なに？」
やねうらさまは、顔をあげると、そばへきた。
かわいそうだと思ったけど、きょうはいわなきゃ。ぼくだって、こうして、いつもとまりにくるわけにはいかない。
「あのう、すごく、きついことをいうようだけど、聞いてくれる？」
「ああ。なにかな」
「あのね、みなとくんは、やねうらさまに、きてほしくないんだって」
なんだか、じぶんが悪魔になった気分。これじゃ、ゆうれいのほうが、まだかわいい。
やねうらさまは、しゅんと、うなだれてしまった。
しばらく、沈黙がつづいた。
「それじゃあ、わたしは、どこへいけばいいのですか……」
そういって、やねうらさまは、ずずっと鼻水をすすった。
どうしよう。ゆうれいを泣かしちゃった。

「いくところが、ないんですか？」
「そうだよ。だから、ここにいるんじゃないか」
「じゃあ、こうしたら。うちのやねうらに住んで、三か月に一回くらい、みなとくんの寝顔を見にくるとか」
ぼくはそういって、みなとくんを見た。すこしわらっているような。きっと、いい夢でも見ているのだろう。
「そうかい。じゃあ、お世話になることにしようかな」
「あした帰るとき、いっしょにくればいいよ」
「じゃまじゃないかな」
「ぜんぜん」
やねうらさまが、安心したような顔になる。ぼくは、いいことをしているような気がした。
やねうらさまは、満足したのだろう。しみになると、天井のむこうに消えていった。

つぎの日の朝、みなとくんのお母さんが帰ってきてから、ぼくは発表することにした。

朝の食卓で、ぼくは、みなとくんとパンをかじる。

お母さんが、三人分のハムエッグをやいて、席についた。

さあ、いうぞ。ぼくはパンをのみこんだ。

「きのうの夜、やねうらさまにいったからね。もう、みなとくんのところには、あらわれないようにって」

「ありがとう、れいきくん」

「よかったわね、みなと」

みなとくんとお母さんが、おそろいの笑顔を見せた。

ぼくはすこし、悲しくなった。これでは、やねうらさまがかわいそうだ。

「でも、三か月に一回くらいは、くると思う」

ぼくがいうと、みなとくんは、きょとんとした顔になった。

だって、きみのお父さんじゃないか！

そういおうとしたときだ。
「あ、みなと。きのう、お父さんからメールがあって、来月は帰ってこられそうだって」
「えっ、なんで？」
思わず、ぼくの口からとびだした。
「どうしたの？」
みなとくんのお母さんが、聞いてきた。
「だって、おとうさん、いないんじゃ……」
「そうよ。今は、インドネシアではたらいてるの。二か月に一回くらいかな、帰ってくるの」
「そんな……」
じゃあ、あのやねうらさまは、なんなんだ。
「どうしたの？　なんかへんだよ。れいきくん」
みなとくんの問いかけに、ぼくは、だいじょうぶと、首をふるのがやっとだった。

その日の夜から、さっそく、やねうらさまは、ぼくの部屋にあらわれた。
しかも、トランプや、カードゲームを持って。
しかもしかも、遊びはじめると、じぶんの気がすむまで帰ってくれない。
当然、ぼくは寝不足になった。
「みなとくんのお父さんの、ゆうれいじゃなかったの」
もんくをいうと、
「そんなこと、ひとこともいってねえ。おまえが勝手に、そう思ったんだろ」
どうも、みなとくんにも、やねうらさまは見えていたようだ。ぼくとおなじように、毎晩、遊び相手をさせられて、寝不足になってたみたい。
「住む場所さえ紹介してくれたら、いつだって、でていってやるぜ。ここへきたようにな」
やさしそうだったやねうらさまは、急に強気になって、まるでおどかされてるみたいだ。

Draw four
+4

ぼくは、学校でも、ねむくてしかたがなかった。
「たすかるよ。れいきくんが、やねうらさまのめんどうみてくれて」
みなとくんにお礼をいわれて、返す言葉もない。
休み時間も、ぼくはつくえにつっぷして、うとうとするようになった。
そんなある日のこと。
「ねえ、どうしたの、れいきくん？」
はるとくんが、声をかけてきた。
今だ！
ぼくは、重そうに顔をあげていった。
「はるとくん。きみって、ぼくの友だちだよね」

## ◆作者より

みなさんは、サキというイギリスの作家を知っていますか？

短編小説といって、短い作品を得意としていました。その中でも、わたしが好きなのは「開いた窓」という作品です。意外な結末がまっています。

ちょっと不思議で、ユーモアがあるのですが、「へえっ」とか「ほおっ」とか、感心する人がある反面、「なんじゃこりゃ？」と思う人もいるでしょう。

でも、安心してください。なんじゃこりゃ、と思った人も、おとなになったら、また、おもしろいと思うかもしれません。

ピーマンやニンジンやセロリが、生ガキやレバーや納豆が、今はきらいでも、おとなになると、おいしく感じるようにね。それが、人生の味わいというものです。

ああ、わたしは今でも、生ガキとレバーはきらいだけど。

郵便はがき

料金受取人払郵便

牛込局承認

8554

差出有効期間
2018年11月30日
（期間後は切手をおはりください。）

162-8790

東京都新宿区市谷砂土原町 3-5

**偕成社** 愛読者係 行

| | | |
|---|---|---|
| ご住所 | 〒 □□□－□□□□ 都・道 府・県 | |
| | フリガナ | |
| お名前 | フリガナ | お電話 |

ご希望の方には、小社の目録をお送りします。 ［希望する・希望しない］

## 本のご注文はこちらのはがきをご利用ください

ご注文の本は、宅急便により、代金引換にて１週間前後でお手元にお届けいたします。本の配達時に、【合計定価（税込）＋代引手数料 300 円＋送料（合計定価 1500 円以上は無料、1500 円未満は 300 円）】を現金でお支払いください。

| | | | | | |
|---|---|---|---|---|---|
| 書名 | | 本体価 | 円 | 冊数 | |
| 書名 | | 本体価 | 円 | 冊数 | |
| 書名 | | 本体価 | 円 | 冊数 | |

**偕成社** TEL 03-3260-3221 ／ FAX 03-3260-3222 ／ E-mail sales@kaiseisha.co.jp

＊ご記入いただいた個人情報は、お問い合わせへのお返事、ご注文品の発送、目録の送付、新刊・企画どのご案内以外の目的には使用いたしません。

★ ご愛読ありがとうございます ★

今後の出版の参考のため、皆さまのご意見・ご感想をお聞かせください。

この本の書名『　　』

ご年齢（読者がお子さまの場合はお子さまの年齢）　　歳（ 男 ・ 女 ）

この本のことは、何でお知りになりましたか？

書店　2. 広告　3. 書評・記事　4. 人の紹介　5. 図書室・図書館　6. カタログ
ウェブサイト　8. SNS　9. その他（　　）

ご感想・ご意見・作者へのメッセージなど。

ご記入のご感想を、匿名で書籍の PR やウェブサイトの感想欄などに使用させていただいてもよろしいですか？　（ はい ・ いいえ ）

＊ ご協力ありがとうございました ＊

偕成社ホームページ　http://www.kaiseisha.co.jp/　Facebook も やっています！

# 魚心(うおごころ)あれば？

二宮由紀子(にのみやゆきこ)

水沢麻衣、って名前は知ってた。
たぶん小学校に入学してすぐ、一年生のころからだ。
ものすごくかわいい、って、みんながいってた。それに絵とか習字とかもうまくって、勉強もできるらしかった。
でも、そんなの聞いても、おれは、ふーん、って思ってただけなんだ。
いや、べつに、かっこつけてたわけじゃないよ。そのころは、サッカーの選手とかのほうが興味あったし。
ま、いまから思えば、子どもだった、ってことかもしれないけど。

町内のサッカーチーム、〈レアル今通〉に入るのは、おれだけ、ほかのやつらにくらべてすごくおそくて、四年になってからだった。
〈レアル今通〉は、わりと新しくできたチームだけど、市内でも有名だった。
といっても強いからじゃなくて。うん、そう。名前がふざけてる、って。
スペインの強豪チーム、レアル・マドリからつけた名前だって、サッカー知ってるやつなら、だれでもすぐわかるよね。

とくに問題は、「レアル」ってとこ。「レアル」って、スペイン語で「王家の」って意味なんだ。今通のどこさがしたって、もちろん、王家なんかない。〈キング〉ってパチンコ屋ならあるけど。

でもさ、笑われても、けなされても、〈レアル今通〉はいいチームだった。レアル・マドリみたいな、ほんとの強豪チームをめざしてた。

練習も、いままでの近所の公園でボールけってたのとぜんぜんちがって、ちゃんと「運動理論」があって、強くなるための「練習計画」があって、試合までの「コンディションのととのえ方」とかもあって、ものすごくおもしろかった。

監督やコーチのほかに、中学や上の学年のレギュラーの人たちが教えてくれる時間も週に何回かあって、そうすると、あっ、こんなふうにするから、この人はうまいプレーができるのか……とか、わかってくる。

へたくそなくせに、いばるだけの人にあたるときは最低だけど。それとか、自分たち同士でだらだら関係ない話だけしてて、これでもレギュラー選手かよ、みたいな人とか。
そう、そして水沢麻衣の名前は、そんな上の学年の人同士の話の間でもよく聞くようになったんだ。

「あの松阪さんでも、麻衣ちゃんだけは手が出せないってさ」
「ほんとかよ？　あの女殺しが？」
「そりゃ、手ェ出したら、サッカー選手は反則だしな」
「そう、ハンド、ハンド」
「それじゃ、水沢麻衣ちゃんに手を出せるのは、キーパーのオレだけってことだな」
「まさか。手塚じゃ、手も足も出せないってとこだろ」
「足はないぞ、手塚には」
「そう、足がなくても、図体でかいだけでサッカーやってられるのは、手塚のポジションだけだからな」
「なにいってんだ、おまえらだって短足のくせに。だから、すぐボールもうばわれる

1
8
20

んだ」

「あーあ、短足のオレたちがまごまごしてるうちに、麻衣ちゃんがだれかにうばわれちゃうなんてこと、ないといいなあ」

レギュラーの人たちが笑いあうのを聞いてると、そんなに水沢麻衣って子は人気あるのか、っていうのと、なんか、真剣にサッカーの練習してるのに先輩がそんな話してるなよ、みたいな気持ちがいりまじって。

でも、そんないらいらした気持ちの中で、おれの中でも、水沢麻衣って名前がだんだん強くプリントされてきてたんだと思う。

自分ではまだ全然、意識もしてなかったんだけど。

で、五年になってからだ。

クラス替えで、水沢麻衣といっしょになった。

はじめて見たときから、ぶっとんだ。こんな子いるんだ、と思った。

テレビで見るアイドルなんかより、ずっとずっとかわいかった。女子の中で水沢麻衣だけが別格というか、そのまわりだけ、なんかすうーっと透明な光がまき散らされてるみたいだった。

おれは口をあけて見ていたのかもしれない。

「水沢さんに見とれてんじゃないぞ、魚谷」

って、前のクラスからいっしょだった山口あいにいわれたから。

水沢麻衣は声もきれいだった。だれかによばれると、「はい」って、ふりかえって、まっすぐ、そいつの目を見て話す。

あんなふうに水沢麻衣にみつめられたまま、よくしゃべれるな、と、おれはそいつらに感心してしまう。

おれだったら、ぜったい無理。そりゃ手塚さんじゃなくたって、手も足も出ないよ。もう、しっぽをまいて逃げだすしかない。

そう、松阪さんでも無理だってのは、よくわかった。だって、松阪さんが試合につれてくるような女の子たちなんか、見た目は派手だけど、ただの金魚のフン、というか安物のイワシの群れみたいなもんだもの。

その点、水沢麻衣は……水沢麻衣は本物のプリンセスみたいだった。

〈高倉フットボーラーズ〉との試合に負けて帰ってきた夕方だ。

出されたイチゴを食べてたら、突然、特進塾のパンフレットを見せられた。

「もう五年生なんだし、いつまでもサッカーだけやってるのもねえ」

「だって、もうちょっとでレギュラーなれそうなんだよ。きょうだって、後半二十分出してもらったし」

ほんとは十分だったけど、多少サバ読んだって、どうせ母親には、ばれないもんね。

でも、相手は聞く耳をもたなかった。

「中学入ってからだって、サッカーはまたつづけられるじゃないの。それより、ここ、クラスの人もたくさん通ってるって聞くわよ」

母親はPTAなんかやってるから、顔が広い。

「ほら、大西くんとか、駒田くんとか、藤丸くん……」
「くそ真面目な秀才ばっかりだよ」
「女の子だって行ってるのよ。学級委員の水沢さんとか、高梨……」
フォークが一瞬とまってしまった。

塾がお金がかかるというので、〈レアル今通〉は今月いっぱいでやめさせられることになってしまった。
「それにサッカーの練習や試合でつかれちゃうと、塾の宿題ができなくて、勉強についていけなくなるかもしれないし」
という母親の意見にあっさりうなずいてしまったのは、おれ自身にも、塾の教室でちゃんと答えられなくて恥をかいたりするのはいやだ、という気持ちがあったからだ。
「信じられない」
「ほんとにやめちゃうのか、レアル」
いっしょにレギュラーめざしてた友だちや先輩たちが、わざわざ、おれの教室にまで来て、ひきとめてくれたけど、「親がうるさい」で、とにかく通した。
もう決めたんだし。
土曜から特進塾に行く。

特進塾の一日目に、あまかった、と気づいた。
特進塾は能力別クラスに分けられてて、入ったばかりは全員、いちばん下のDクラスに入れられるのだ。
教室に水沢麻衣はいなかった。
一瞬、帰ろうかと思ったけど、十五日後に特進テストがある。それで、いい成績をとれば、上にあがれるそうだ。
十五日後。
がまんするか、そこまで。

母親の情報にはなかったけど、同じクラスの長池が、二日目、Dクラスの教室に入ってきた。
こいつは大西たちみたいな真面目秀才じゃないけど、勉強はできる。
で、話を聞いてたら、なんと、きのうまでは特進Aクラスにいたっていう。でも授業中にスマホをいじってたのがみつかって、いちばん底にもどされてきたんだって。
「『底』っていうのか、このクラス」
「デラックス・クラスともいう。デラックス・アホ・クラス」
「……で、上のようすはどうなんだ？」
おれは、いちばん聞きたかったことを聞いた。なるべく何でもないふうに。
「特進A？　けっこうきびしいよ。宿題多いし」
「ふうん……大西みたいな真面目秀才ばっかし？」
「いや、じつはそうでもない。水沢さんもいるしね。ああ、もどりたいなあ、早く上へ」
特進テストの日まで、正直これだけ勉強したのって、おれ、生まれて初めてだと思う。

人生初めての頭痛まで経験してしまった。

あれ、痛いよね、ずきずきして。

「りっぱになるのには、少しくらい、がまんをしなければいけません」って、入塾面接のとき、塾長のじいさんがいってたけど、べつに、おれは「りっぱに」なんて、なりたくはないんだ。特進Aに行きたいだけで。

でも、「がまん」をしたおかげか、なんと最初の特進テストで、あっさり特進Aに行けることが決まった。

おれ、もしかしたら、「やればできる子」だったのかもね。

Dクラスの教室は「底」にふさわしく一階だったけど、特進Aの教室は四階だった。

ドアをあけたとたん、教室いっぱいにさしこんでいる陽射しの明るさに、まずおどろいた。

そして次の瞬間に、もっとおどろいた。

「あっ、魚谷くん」
水沢麻衣が、まっすぐおれをみつめて、花のような笑顔をはじけさせたんだ。
水沢麻衣がおれの名前を覚えててくれたなんて、思わなかった。いや、そりゃ同じクラスだから、なんとなく覚えていてはくれたのかもしれないけど、でも、まさか、すぐに「魚谷くん」って……。
おれは口をぱくぱくさせてるだけだった。
声なんか出てこなかった。
それが水沢麻衣に「魚谷くん」ってよばれた最初だったから。

「魚谷くん。おべんとう、かわいい」
急に水沢麻衣の声が降ってきて、マカロニサラダから顔をあげたら、笑顔があった。
茶色のひとみが、いたずらっぽく動いている。おれの目をまっすぐ、みつめたまま……。

「ガンバレ、だって。いいなあ。うちのママなんか、そんなの、ぜったいつくってくれないよ」
と、水沢麻衣のくちびるが、かわいらしくとがって、
「魚谷くん、愛されてるんだ」
と、また笑顔にもどった。
「わあ、ほんとだ、きれい」
「ンの点は小さく切ったキヌサヤで、濁音の点々は中のお豆っていうのがすてき」
ほかの女子が集まってきたから、
「……そんな、さわぐほどのもんじゃないって」
おれは、べんとうの文字を手でかくした。

ガンバレ。

きょう、「魚谷くんって無口なのね。かわいい」っていわれた。

ガンバレ。
おれ、無口で通すことにした。
「魚谷、最近あんまり、しゃべらなくなったよね」
学校でも、山口あいにいわれるようになった。
「三、四年のころは、うるさいくらい、べらべらしゃべってたのに」
うるさいくらい？
うるさがられてたのか、おれ、こいつに？
山口がおれのことすきなのは、三年のころからわかってて、おれも、この子ちょっとかわいいかな、ってふうに思ってたんだ。
四年まではね。
井の中の魚谷、大海を知らず。
おれ、断然、無口でいくことにした。

長池が特進Aクラスにもどってきた。

「よっ」

と、おれに手をあげて

「麻衣ちゃーん、なつかしかったあ」

なんと水沢麻衣の肩に手をまわして、だきよせるポーズをする。

「長池くーん」

と、水沢麻衣までが、はしゃいだ高い声を出して、

「もどってきてくれたのね。永遠に底にいるのかと思ってた」

なんていう。

そして、おれのほうを向いて舌を出したから、おれ、その瞬間だけ、長池に腹立てるのもわすれて、見とれてしまった。

長池は、たしかに、おもしろいやつだ。

おれも、こっちの路線でいこうかと思いはじめたくらいだ。

11 12 1
10 2
9 3
8 4
7 6 5

長池がクラスにもどってから、確実に、水沢はよく笑うようになっていた。
それで、長池と水沢とおれ。なんとなく三人で話す時間が多くなってきた。
といっても、おれはほとんどだまってて、長池と水沢の話すのを見てるだけなんだけど。
なんか、ずっとだまってると、どう口をはさんだらいいのかも、よくわからなくなってくる。
どうしたんだよ、おれ？
口がきけないのって、けっこう、苦しい。

今日、長池が休んだ。インフルエンザだって。
学校も塾も休んで三日目。水沢はふっと、いったんだ。
「長池くん休んでると、なんかおちつくっていうか。あの子の冗談聞いて、いつも笑ってなきゃいけないのって、ちょっとつかれるよね」
おれ、路線変更しないで、ほんとによかった。

インフルエンザも水沢のことは、おそれおおくてよけて通るのか、水沢は塾も学校も休むことはなかった。

でも、からだは弱いのかもしれない。ふだんから肌は白いんだけど、ときどき白を通りこして、もうすきとおるような色をしている日があるから。

それに、そんな日は、「なんか今日、食欲なくて」って。

あんなに体育はよくできるのに、じつはからだが弱い女の子って、なんか神秘的っていうか、かっこいい、っていうのも変だけど。

で、その日も、朝からそんなすきとおるような顔の色をしてたんだけど、ホームルームが終わって立ちあがったときに、急に、がたん、という机の音がして、教科書がばさばさって散らばって、まっさおな顔した水沢が、いすの横にたおれてた。

「どうした、水沢」

森川先生がさけんで、クラスじゅうが全員立ちあがって、ざわついた。

「保健委員」と、森川先生がよんだから、「はい」って、おれは返事した。

「いっしょに水沢のこと、保健室にはこぼう」
「はい」
おれも興奮してぶるぶるしてたけど、森川先生も、あんな顔してるのは初めて見た。水沢をだきかかえるようにして、おれを見たから、おれは、どうしたらいいか、まさか、おれがこの手で水沢のからだにふれる？
思っただけで、おれがたおれそうで、ただ、つっ立っていたら、先生は水沢のからだを横だきにしたまま、立ちあがった。
「魚谷、じゃ、ドアあけて」
「はい……あ……」
おれはあわてて教室の前のドアにとんでって、ドアをいちばん大きくあけた。
先生が水沢のからだをだいたまま、おれのそばに近づく。
おれはどきどきして、うまく水沢の顔を見れなかった。ぶらんとたれさがったうでの白さだけが目にやきつく。
先生は水沢の顔をのぞきこんで、それから、教室を出るときになってはじめて気が

ついたのか、ふりかえって、
「みんなは自習をしてるように」
っていった。

その日、水沢は塾も休んだ。
でも、この日のプリントで出てきたことわざ。
『魚心あれば水心
意味＝魚に水と親しむ心があれば、水の方もそれに応じる心がある。すなわち、相手が好意をしめせば、こちらも相手に好意をしめす気になるたとえ』
なんか、どきどきした。
すぐあとに、
『およばぬコイの滝登り
意味＝無理をしても、どうしてもできないことのたとえ』
ってのも出てきたけど。

森川先生が水沢のこと、えこひいきしてるといいだしたのはクラスの女子で、それまで森川先生のこと、「かっこいい」とさわいでいた女子まで、急に「森川先生、きもい」というようになった。

おれは、もともと一学期のときから、森川先生が水沢のこと特別あつかいしてるみたいなのはわかってて、それもべつにしかたないなってふうに思ってたと思う。だって、水沢なんだし。

おれが森川先生の立場だって、きっとそうなる。

だけど、女子はゆるさなかった。授業中にも先生のいうことをわざと無視したり、先生が何か失敗すると、大勢でくすくす笑ったりするやつらが増えてきた。それまでは「森川先生、かっこいい」って、率先していってた高梨や山口みたいなやつらだ。

おれは、はじめて森川先生のこと、かわいそうに思った。あいつらのほんとに腹立ててるのは水沢に対してなのに、水沢の悪口はいえないもんだから、森川先生の悪口をいってるんだ。

でも、
「森川先生、かわいそう」
と、水沢が塾でいったとき、おれは自分でもおどろいたくらいに、いらっとした。
「わたしのせいかもしれない」
と、水沢はつづけていって、ものすごくつらそうな顔をしたから、
「……そ、そんなことないよ」
と、おれは思わず、無口の誓いをわすれて、いった。
「男子でも、最初から森川のこと、きらいなやつらはいたから」
それはほんとだ。
「先生のくせに、かっこつけすぎ、とか……」
「……そう？」
水沢は、びっくりした声をあげて、それから、ちょっと弱いほほえみをうかべた。
「……ありがとう」

おれと水沢の距離は、少しずつ近づいてきたのかもしれない。今日、水沢は志望校のことについても話した。

「ほんとに行きたいのは付属なの。受かるかどうかわからないけど。女子校で六年間っていうのは、なんか苦手な気がして……」

おれも志望は付属にすることにした。

「おれも付属に変えよっかなあ、麻衣ちゃんが付属受けるんなら」

「もうっ、長池くんったらあ」

水沢が長池のことを見てわらう。

だけど、おれはもう動じない。下を向いたまま、いそいで、さっといってやった。

「おれは最初から付属志望」

おれは水沢と、付属の試験問題についての情報交換とか、入学したらどこのクラブに入るかなどの話も、少しずつできるようになってきた。

だけど、いやな話も聞いてしまった。
「森川先生も付属出身なのよね。さすが」って。

そして、おれの最後の決定的な悲劇は、いちばんの喜びの瞬間の直後に来た。
水沢とおれ、猛勉強の甲斐あって、ふたりとも付属に合格したんだ。
「ばんざい！　よかったな」
「うん、森川先生の後輩になれた……」
水沢の目がうるんでいる。
「もちろん、付属に森川先生以上の人がいるとは思わないけど……でも、うれしい……」
おれは、言葉を失っていた。
ああ、おれのこれまでの努力が……努力が全部、水の泡だぜ……。
でもね、神は存在したんだ。

付属に入学する前日、〈レアル今通〉で知ってた先輩から、サッカー部に入らないかって誘いの電話があって、行ったら、上の学年で五人も、もと〈レアル今通〉の人たちがいた。

「もうレアルでは、やってないんですか？」

「うん、ここの方が楽しいしね。だって、付属のサッカー部、部員少ないから全員レギュラー。っていうより、試合になったら人数足りなくて、陸上部とかラグビー部からメンバー借りてくるくらいだからさ。レアルで理論がどうのっていったって、試合出れないなら、どうしようもないでしょ。理論ばっかみがくより、やっぱ、試合でボールけるのがいちばん。魚谷、おまえも入部したら、即日レギュラーだぜ」

その言葉にひかれて入部したのも事実だけど、もうひとつ、決定的な出会いがあって。

天使みたいなかわいい女の子がマネージャーなんだよね。おまけに、となりの部室の女子サッカー部がまた、かわいい子いっぱいなんだ。

しかも、おれ、入部一週間でもう、そのうちの一人から告白されちゃった。天にものぼる気持ちって、こういうの？

あ？　水沢？　なんか森川って名前のメガネのやつと、つきあいだしたみたい。名前だけで好きになるって、なんなんだろね。変なやつ。

## ◆作者より

名前だけで好きになるのも、見かけだけで好きになるのも、変なことにはちがいありませんが、古典とよばれるお話には、見かけや家系重視の変な恋愛がよく出てきます。『おやゆび姫』なんかも、「心がやさしい」と強調されてるにもかかわらず、顔がみにくいとか家がきたないとかで平気で男を差別するし、ビジュアルがよくて金の冠をくれる王子に出会うと、恩になったツバメから乗りかえて、さっさと結婚してしまいます。

ま、アンデルセンの童話には、「なんだ、この女？」系の女がよく出てきて、たぶんアンデルセン自身がもてなかったか、手ひどい失恋を経験したかで、女という生き物にうらみをもっていたのにちがいありません。

そんななかで、今回パロディのネタにした『人魚姫』だけは、いじらしいほど強い一途な女。とはいえ、原作では最後に、とってつけたように教訓が出てきたり、笑えます。「古典は退屈」と思われているみなさん、「古典はりっぱな学ぶべきもの」と思われているみなさん、みなさんもぜひ「古典」を笑って読む楽しさを味わってください。そのコツさえつかめば、退屈な学校生活だって笑ってすごせるかもしれませんよ。

# 迷い家

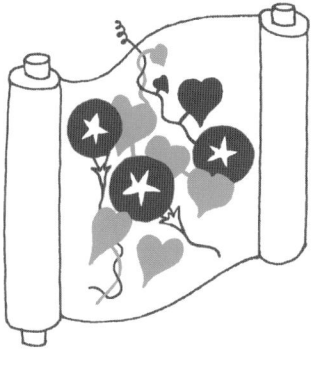

廣嶋玲子

あーっ！

だれかの悲鳴が聞こえたかと思ったら、ごろごろっと、たくさんの夏ミカンが坂道をころがってきた。

まずい！　とめなくちゃ！

隼人はとっさに、持っていたバッグを投げだして、夏ミカンのなだれをくいとめた。二、三個、こぼれてしまったやつは、いそいで追いかけてひろいあげた。

なんとか全部集められたところで、隼人は首をかしげた。

ここは近所の里山だ。いつだって人気がなく、こんもりと草木がしげっている。今は夏なので、セミがうるさく鳴いているが、いつもはとても静かな場所なのだ。

それなのに、だれかの悲鳴が聞こえた。つづいて、夏ミカンがころがってきた。なんだか、いつもの里山らしくない。

隼人は小学四年生。この里山には、夏休みの自由研究の課題をさがしに来たのだ。雑草を集めて、押し花の標本でもつくろうかと思っていた。押し花なら、お金がかからないから、母さんにもめいわくをかけずにすむし。

自分の家が貧乏だというのを、隼人はちゃんとわかっていた。

と、坂道の上のほうから、ゆかたを着た小柄なおばあさんが走ってきた。

隼人と、隼人の腕の中の夏ミカンを見るなり、おばあさんはほっとしたように笑った。おばあさんなのに、なんともかわいい笑顔だ。青い朝顔のゆかたも、とても似合っている。

「ああ、よかった！　下まで行ってしまったかと思ったのよ。あなたがとめてくれたのね。ありがとう。ほんと、たすかりましたよ」

「どういたしまして。えっと……」

「あ、この中に入れてもらえるかしら？　わるいわねえ」

おばあさんがさしだしてきたまるいかごの中に、隼人は夏ミカンを入れていった。そのとき気づいたのだが、この夏ミカンは普通のやつよりも大きくて、香りもずっとよかった。色も、まぶしい山吹色だ。

おいしそうだなと思っていると、おばあさんがいった。

「はい、ありがとう。ね、あなた、丸山さんちのお孫さんね？　隼人君でしょう？」

「えっ！　そ、そうですけど」
「ふふふ。なんで知ってるんだろうって、思っているのね？　でも、ちっちゃいときに、よくこの山に来てくれたでしょう？　おじいちゃまにつれられて。おもかげがあるから、すぐにわかったわ」
なんだ。じいちゃんの知り合いかと、隼人は肩の力をぬいた。そんな隼人に、おばあさんは笑いかけてきた。
「ね、お礼をしたいから、ちょっとうちに来てくれるかしら？　すぐそこなのよ。おいしいお菓子もごちそうするから。ね？」
「それじゃ、おじゃまします」
知らない人にはついていっちゃいけないが、この人はじいちゃんの知り合いみたいだから、大丈夫だろう。それに、おいしいお菓子というのに、すごくそそられてしまったのだ。
夏ミカンをはこぶのを手伝いがてら、隼人はおばあさんについていった。
おばあさんは、坂道をまずのぼりきり、御屋敷桜のところまでやってきた。

御屋敷桜は、このあたりでいちばんりっぱな桜の木で、春にはみごとな花を咲かせるので有名だ。だから、春になると、遠くからわざわざお花見に来る人たちもいて、そのときだけは、この里山もにぎやかになる。今は、緑の葉をわんさかつけているだけだが、それでもその姿には威厳があった。

その御屋敷桜のところで、おばあさんは道を右へとそれた。そのまま、桜の裏にある竹林へと、ずんずん入っていく。

このままでは山をおりるどころじゃないと、隼人はあせった。思いきって、「道をまちがってますよ」といおうとしたときだ。ふいに、竹林の奥に屋敷があるのが見えた。

本当にりっぱなお屋敷だった。高い垣根にかこまれていて、その向こうに大きな和風の家屋が見える。屋根をおおうかわらは青みをおびた黒色で、つやつやとして、とても迫力がある。

この里山に、こんな屋敷があったなんて。

ぽかんとしている隼人に、おばあさんがくすくすと笑った。

「この山はね、もともと、うちのものなの。さっきの桜が、うちの屋敷への入り口なのよ。ふふ、あの桜がどうして御屋敷桜と呼ばれているのか、これでわかったでしょう？　さ、いらっしゃいな」

おどろきのあまり声も出ない隼人を、おばあさんは屋敷の中へとつれていってくれた。大きな門をくぐって、これまた広々とした玄関から中にあがって。あちこちに高価そうな花びんや絵がさりげなくかざられていて、それがまたすごく風情がある。

長いろうかを歩いたあと、座敷に入った。そこは庭に面した座敷だった。ガラス戸は全部あけはなたれていて、涼しい風が入ってくる。

「すごい……」

思わず隼人はつぶやいた。庭があまりにもすばらしかったからだ。いろいろな花や木々が植えられていて、いっぱい木の実なんかもついている。

池もあった。大小さまざまな錦鯉が泳いでいて、まるで宝石のようだ。

ぼうっとしている隼人をのこし、おばあさんはいったん、その場をはなれた。そしてもどってきたときには、その手に大きなガラスの器を持っていた。

「さ、お礼のお菓子ですよ。めしあがれ」

出されたのは、水晶のようにすきとおったわらび餅だった。きっと手作りなのだろう。ひと粒ずつ、ひと口サイズにころりとまるめてあって、黒蜜ときなこがたっぷりとかけてある。

「いただきます！」

ひと口食べたとたん、隼人は目をまるくしてしまった。

こんなにおいしいわらび餅は初めてだ。スーパーで売っている、半透明ににごったやつとは、くらべものにならない。ゼリーよりも、ずっともちもちとしていて、つるん、ぷるんとした食感がたまらない。のどを気持ちよくすべり落ちていくと、さあっと、すがすがしさがひろがっていく。まるで、水でできたお菓子を食べているかのようだ。

夢中でぱくついている隼人を、おばあさんはにこにこしながら見ていた。

「おかわりはどうかしら？」

「いいんですか？」

「もちろん。あなたのおかげで、あの長い坂道を最後までおりずにすんだんだもの。いくらでも、おかわりしてちょうだいな」
「はい！　それじゃ、おかわり！」
「ほほほ。はいはい」
結局、三杯も食べてしまった。さすがにはずかしくなった隼人の前で、おばあさんはますますうれしそうだった。
「お口に合って、よかったわ。あとね、もうひとつ、お礼をしたいの」
「え、い、いいですよ、そんなの。わらび餅、いっぱいもらっちゃったし」
これ以上はもらえない。そういう隼人を、おばあさんはまじめな顔で見つめた。
「ごめんなさいね。でも、これはわが家の決まりなの。この家にお招きしたお客様には、何か一つ、おみやげを持たせて帰す。そう決まっているの。だからね、遠慮しないで、なんでもいって。この家の中にあるものなら、なんでもいいから」
「えっと……」
隼人は本当にこまってしまった。ことわることはできそうにないし、かといって、なんでもいいといわれても。高そうな絵やつぼなんか、もらうわけにもいかないし。

目をさまよわせていたとき、庭の池に気づいた。

そうだ。ほしいもの、ある！

「そ、それじゃ、鯉。鯉をもらってもいいですか？」

「あら、そんなのでいいの？」

「うん。ぼくんちの庭、じいちゃんがつくった池があるんです。いつか、この池できれいな錦鯉を飼いたいなって、じいちゃんがいってたから」

「あらまあ、そうなの。それじゃ、いらっしゃいな」

隼人とおばあさんは縁側から庭におり、池へと近づいた。本当にたくさんの鯉がいた。色も模様もそれぞれちがい、一匹だって同じのはいない。

「さあ、えらんで。どの子がいいかしら？」

隼人は、じっと池を見つめた。そして、これだというのを見つけた。

それは、金魚くらいの小さい鯉だった。全身を銀色のうろこにおおわれていて、背びれだけが赤くて、すごくかっこいい。

「あれ！　あの銀色で、背中のひれが赤いやつがいいです！」
「銀風ね。ええ。あれはいい子よ。よい目をしてるわね、隼人君」
そういうと、おばあさんはどこからともなく、まるい金魚鉢をとりだし、それを池の水にひたした。そして、「銀風。朱雲。いらっしゃい」と、うたうようにいった。
するとどうだ。隼人がえらんだ子鯉が群れからはなれ、こちらに泳ぎ寄ってきた。それにもう一匹、同じくらいの大きさの、全身が赤くて、黒雲のような斑点がある子鯉も、いっしょにやってきた。
二匹が自分から金魚鉢の中に入ると、おばあさんは金魚鉢を池から出して、びっくりしている隼人にさしだした。
「はい。どうぞ。ふふふ。あなたがえらんだ銀風は女の子だから、ボーイフレンドの朱雲もつれていってあげてちょうだいな。はなればなれにしたら、かわいそうだもの」
もう隼人は言葉も出なかった。なんだか夢の世界にいるかのようだ。
そんな隼人を、おばあさんは屋敷の外へつれだし、御屋敷桜のところまで送ってくれた。

「さ、ここからなら一人で帰れるわね」
「あ……ありがとう……ございました」
「なんの。こちらこそ、ありがとう。楽しい時間でしたよ。あ、その子たちだけど、かわいがってやってね。そうすれば、ふふ、きっといいことがあるから。それじゃ、さようなら」
おばあさんはくるりと背を向け、竹林の奥へと去っていった。
隼人も坂道をくだりだした。夢でも見ていた気分だが、腕の中にはちゃんと金魚鉢がある。二匹の子鯉を見ていると、だんだんとうれしさがこみあげてきた。こんなきれいな鯉が二匹ももらえるなんて。じいちゃん、きっとよろこぶぞ。
うきうきしながら坂道をおり、家への道を歩きだしたときだ。向こうから若い女が一人、やってくるのが見えた。
隼人は、げっと思った。
あれは、園子だ。二年ほど前にこの村に引っ越してきた女で、都会育ちだというのを鼻にかけて、ここらへんを田舎とばかにしている、いやなやつだ。そのくせ、ものすごく意地がきたない。

近くの畑から勝手に野菜は持っていくし、スーパーでは何かとクレームをつけて、商品を値引きしてもらったり、あわよくば、ただでもらったりしようとする。何かいいかえしたりすると、すぐに「訴えてやる！」とか「警察を呼べ！」とか、大さわぎするので、みんな、できるだけほうっておくことにしている。いわゆる、ご近所じゅうの鼻つまみ者だ。

家が貧乏なので、隼人はおこづかいだってもらったことはないけれど、ああいう人間にだけはなるまいと、かたく決めていた。どんなにお金がなくても、あんなさもしいまねは、ぜったいしたくない。

その園子が、こちらにやってくる。まわれ右して逃げたかったが、そうもいかない。家までの道は、この一本しかないのだ。

しかたなく、隼人はできるだけ早足で、園子の横を通りぬけようとした。

だが、そううまくはいかなかった。

隼人がだいじそうにかかえている金魚鉢に、園子は目ざとく気づいたのだ。いきなり隼人の腕をぎゅっとつかみ、なれなれしく声をかけてきた。
「ねえねえ、それどうしたの？　なんか、高そうな金魚だよねえ」
「……金魚じゃなくて、鯉です」
「え、ってことは、錦鯉ってやつ？　それって、すごく高いんじゃない？　どうしたのよ、それ？」
聞きだすまでは、はなさない。
ぎゅうっと、園子のマニキュアをぬった長いつめが、隼人の腕にくいこんできた。痛くて、隼人はもうちょっとで悲鳴をあげるところだった。それに、すごくこわかった。園子のぎらついた目から、早く逃げたくてたまらない。だから、白状してしまったのだ。里山のお屋敷でもらったと。
園子は、いやしげな笑いを浮かべた。
「なにそれ。それじゃ、あたしももらってこようっと。錦鯉、たくさんいたんでしょ？　あんただけもらって、あたしがもらえないなんて、そんなのおかしいもん」
もう用はないといわんばかりに、園子は隼人をつきはなし、いきおいよく里山に向かって歩きだした。

その後ろ姿を、隼人は涙目でにらみつけていた。園子があのおばあさんのところに乗りこんでいくのかと思うと、すごくいやな気分だった。

ばかばか。なんで正直にいっちゃったんだよ。うそをつけばよかったのに。

だが、後悔してもおそすぎた。ハイエナのような園子を、自分みたいな子どもがとめられるはずがない。

しょんぼりと、隼人は家に帰った。

「ただいま」

隼人の家には父さんがいない。母さんが仕事をかけもちして、がんばって働いている。だから昼間は、じいちゃんとばあちゃんが隼人のめんどうを見てくれるのだ。

この日も、すぐにばあちゃんが出むかえてくれた。

「お帰り。あら、きれいな金魚だこと。どこかでつかまえたの？　……どうしたの、そんなひしゃげた顔をして？」

「ばあちゃん……ぼく、す、すごく悪いことしちゃったんだ……」

半べそをかきながら、隼人は今日あったことをすべて打ちあけた。
ばあちゃんは、最後までだまって聞いてくれた。途中からは、すごく熱心な表情になっていた。
「御屋敷桜のところをまがった奥に、お屋敷があったのね……？」
「うん」
「あんたは、そこの人に招いてもらって、おみやげをもらった……」
「うん」
そうかと、ばあちゃんは晴れやかに笑った。
「そう。それはよかった。よかったねぇ、隼人」
「ばあちゃん？」
「あのお屋敷に招かれるなんて、そうそうないことなんだから。よかったよかった。それに……園子さんのことだけど、もう気にしなくていいと思うよ。あのお屋敷の人なら、きっと大丈夫だから。だって、あそこは〈迷い家〉だもの」
「迷い家？」

「招かれなければ入れない、入っちゃいけない家ってことよ。だから、園子さんなんか、ぜったい太刀打ちできやしない。ほら、もうくよくよしないで。それより、早くこの子鯉ちゃんたちを池にはなしてあげなさいよ。せっかくいただいたんだから、たいせつにしなくちゃね」

「う、うん」

よくわからなかったが、隼人はすっと気持ちが晴れた。ばあちゃんがこんなに大丈夫だというのだから、きっと大丈夫なんだ。

隼人はいそいで、子鯉たちを池にはなすしたくをはじめた。

その日以来、園子は村に姿を見せなくなった。消えてしまったのだ。

都会にもどっただの、昔の借金取りに見つかって姿をくらましただの、いろいろなうわさが飛びかったが、園子を心配したり、さがそうとしたりする人はだれもいなかった。それだけきらわれていたというわけだ。

隼人は、園子の失踪には、あの屋敷のおばあさんが関係しているような気がした。

だから気になって、里山にのぼって屋敷をたずねようとしたのだが……。
不思議なことに、いくらさがしても屋敷は見つからなかった。竹林をくまなくさがしまわったのだが、どこにも見当たらず、屋敷があったという痕跡すらない。
「招かれなければ入れない、入っちゃいけない家」
ばあちゃんの言葉が思い出され、急にこわくなった。
隼人はいそいで里山をおり、二度とそこには近づかなかった。そのかわり、もらった二匹の子鯉をたいせつに世話した。
子鯉はみるみる大きくなり、やがてたくさんの卵を産んだ。そこからかえった子鯉たちは、ほかの鯉にはないみごとな光沢と美しさがあって、見た人はみんな息をのむほどだった。
見たこともないような鯉を育てている家がある。
うわさと評判はどんどんひろがり、「売ってほしい」と、錦鯉愛好家がひっきりなしにたずねてくるようになった。おかげで、家は豊かになり、隼人の母さんも仕事をやめて、隼人とじっくり時間をすごせるようになった。

そう。あのおばあさんの贈り物は、隼人に大きな幸せをもたらしてくれたのだ。

山の中に、突然、屋敷があらわれることがあるという。

りっぱな造りで、中はみごとな品々であふれ、庭には四季折々の花が咲きほこり、なにもかもが美しく豊かだという屋敷。

そこをおとずれることができた者は、何か一つ、屋敷のものを持って帰ることができる。えらぶ品は、なんでもかまわない。なぜなら、屋敷のものにはすべて不思議な力が宿り、かならず富をもたらしてくれるからだ。

だが、もし欲にかられて、屋敷に押し入ろうとしたときは、大きな報いを受けることになるという。

そうした屋敷のことを、人は〈迷い家〉と呼ぶ。

## ◆作者より

迷い家。突然、山の中にあらわれるという幻の家。そこに入ることができた人は、おみやげを一つ、持って帰ることができ、その品が幸せをもたらしてくれるという。「遠野物語」の中に出てくる話の一つで、わたしは昔からこの話が大好きでした。迷い家のもつ、なんともいえない雰囲気にひきつけられたのです。最初からおみやげ目当てで行くと、何ももらえない。そういうところもいいですね。

出会おうと思っても出会えない。でも、もしかしたら、ある日突然、招かれるかもしれない。

この不思議さが、迷い家の最大の魅力でしょう。

ああ、わたしも迷い家に招かれたい！

# 三びきの熊（くま）

小川糸（おがわいと）

女の子は、おなかがすいていました。女の子には、名前がありません。女の子は生まれたときから、お父さんと二人ぐらしです。お父さんは、朝から晩まで遠くの町ではたらいていたので、そんなとき、女の子はひとりで留守番をしなくてはなりません。ときには、夜中じゅう、ひとりっきりですごす日もあったのです。

ある日、女の子は森に食べ物をさがしに行きました。きのこでも、くだものでも、木の実でも、食べられるものならなんでもかまいませんでした。女の子は、お父さんと食べる晩ごはんを見つけたかったのです。

けれど、なかなか見つかりません。秋だというのに、まだかごの中はからっぽ。それで、つい道をそれて、森の奥の方まで来てしまったのです。

すると、向こうに小さな三角屋根が見えました。

「あんなところに、おうちがあるわ」

女の子は、うっそうとしげるいばらの奥に、小さな一軒家を見つけたのです。ろうそくの明かりが、窓の向こうでゆれていました。

「だれが住んでいるのかしら？」

背のびをし、窓から中のようすをうかがいます。

「こんにちは……」

けれど、返事がありません。

今度は、玄関の方へまわってみます。本当は、知らない家に無断で入ることはいけないことです。いくら学校に通っていなくても、女の子はそのくらい知っていました。けれど、女の子はどうしても、わくわくする気持ちをおさえられなくなってしまったのです。

玄関のドアをおしてみると、ドアがすーっとあきました。家の中は、とてもきれいです。床には、ごみひとつ落ちていません。

二歩、三歩、と奥へすすむうち、気がつくと女の子は鼻をくんくんさせていました。どこからか、いいにおいがするのです。女の子は目をとじたまま、においのする方向へとすすみました。

それは、やわらかくて、やさしい、春風のようなあたたかいにおい。

ゆっくりと目をあけると、目の前のテーブルに、器が三つならんでいます。器はそれぞれ大きさがちがい、大きい器と、中くらいの器と、小さい器がありました。

「スープ！」

女の子は、その瞬間、思わずさけび声をあげました。目の前に、おいしそうなスープが、銀色の湯気をたててならんでいるのです。

女の子は、いちばん大きな器に顔を近づけました。においをかぐだけなら、問題ないわよ。

大きい器から、いちばんたくさん湯気が出ているのです。女の子は、目をとじてスープのにおいをすいこみました。

なんて、すてきな香りでしょう。こんないい香りを、女の子はかいだことがありません。そもそも、あたたかい食事自体、めったに食べることがないのです。

きっと、ちょっとくらい食べたって、わからないわ。だって、大きな器には、こんなにたくさんスープが入っているんだもの。

女の子は、大きなスプーンでひとすくい、スープを口に入れようとしました。けれど、スプーンが大きすぎてうまく飲めません。

だったら、まんなかの器のスープを飲もうと、今度は中くらいの大きさのスプーンでスープをすくいます。けれど、今度はスープが熱すぎて飲めないのです。

女の子は、いちばん小さなスプーンをもって、いちばん小さな器のスープを飲みました。

とろりとして、なんておいしいのでしょう！　女の子は、その場でおどりだしたいような気分になりました。そして、あとひと口、もうあとひと口と飲むうち、小さな器に入っていたスープをすっかり飲みほしてしまったのです。

女の子はあわてて、大きな器から小さな器へ、スープをうつしました。けれど、うまくうつせません。テーブルの上には、ねずみの足あとのように、スープがぽたぽたこぼれています。けれど、女の子にとっては、たいしたことではありません。

女の子は、すっかりいい気分になっていました。こんなにおなかがいっぱいになったのは、ひさしぶりです。しかも、体のすみずみにまで、おいしいものがしみわたっています。

女の子は、おなかが満たされたせいか、だんだん気が大きくなったのかもしれません。今度は、となりの部屋に行ってみました。

「わっ、テレビ！」

女の子は、またしても歓声をあげます。女の子の家には、テレビがありません。以前はあったのですが、少し前から、まったく映らなくなってしまったのです。

女の子は、いちばん大きなゆり椅子にすわって、テレビをつけました。けれど大きすぎて、すべり台のようにずり落ちてしまいます。まんなかのゆり椅子も、まだ女の子の体には合いません。

そこで女の子は、小さなゆり椅子にこしかけました。すると、ぴったりなのです。まるで、自分のためにつくられたゆり椅子のように、体をしっかりと受けとめてくれます。

女の子は、だんだん楽しくなりました。そして、ゆり椅子をぶんぶんゆらしたのです。

すると、がしゃん、と音がして、ゆり椅子がこわれてしまいました。いたたたたた。しりもちをついた女の子が、顔をしかめます。

けれど、たいしたけがはしていないようです。女の子は、テレビをつけっぱなしにしたまま、今度は反対側の部屋にうつりました。そこには、ベッドが三台、ならんでいます。

「わぁ！」

女の子は、思わずさけび声をあげました。家では、ただ箱をならべただけの台に寝ているのです。こんなにりっぱなベッドは、見たことがありません。

女の子は、いちばん大きなベッドの上にとびのりました。けれど、王様のベッドのようでおちつきません。まんなかのベッドにも寝てみましたが、ふかふかすぎて宙に浮いているようです。結局、いちばん小さなベッドが、もっとも安心してねむることができました。

おいしいスープでおなかがいっぱいになり、テレビを見て楽しい気分になった女の子は、またたく間に幸せな夢を見ていました。

そこへ、この家のあるじが帰ってきたのです。なんと、この家に住んでいたのは三びきの熊。何も知らない熊一家は、びっくりぎょうてんです。

散歩から帰ったら食べようと用意していたスープは飲まれているし、テーブルにはスープがこぼれています。消して出たはずのテレビはつけっぱなし、息子熊のゆり椅子は、はでにこわされていました。そのうえ、寝室も荒らされています。せっかく母さん熊がととのえたシーツや毛布も、ぐっちゃぐちゃ……。すると、

「ぼくのベッドに、だれかが寝てる！」

息子熊が大声でさけびました。その声におどろいた女の子が、思わずベッドからとび起きます。

「熊」といったきり、女の子は声が出ません。そこではじめて、女の子は、自分の入った家が熊一家のくらす家だとわかったのです。

女の子は、一目散に家の外へとびだしました。あんなに間近で熊を見たのは初めてです。女の子は、無我夢中で森の中をかけぬけました。

「待って！」

息子熊は、声のかぎりにさけびます。じつは、息子熊は女の子と友だちになりたかったのです。けれど、女の子の耳に、息子熊の声はとどいていません。女の子は、

息をきらしながら、なんとか自分の家までたどりつきました。

それから少しして、雪がふりました。

女の子は、あのときに食べたスープの味が、どうしても忘れられません。

そこで、春になったある日、女の子はふたたび、熊一家のくらす家をたずねてみようと決心したのです。

それに、女の子はひとつ、忘れ物をしていました。かごです。女の子にとって唯一の持ち物であったたいせつなかごを、うっかり熊一家の家の玄関においてきてしまったのです。

女の子は途中、原っぱにひろがるお花畑を見つけ、そこで花をつみました。おいしいスープをごちそうになったお礼です。しばらく花を集めると、女の子の手にはきれいなブーケができていました。女の子は、そのブーケを手に、森の奥をめざして歩きます。

ただ、どの道をどう行ったのか、記憶がさだかではありません。そもそも、途中からは道とよべるような道もありませんでした。季節が、秋から冬、冬から春へと変わったせいで、景色もちがって見えます。

どこかしら？　女の子は、途方にくれてしまいました。もうすぐ、陽がしずみます。

また、おなかがすいてきました。そこへ、音色のように、なつかしいにおいが流れてきたのです。女の子は、犬のように鼻先を空へ向けました。目をとじて、においのする方をさぐります。

女の子は、目をとじたまま歩きました。女の子の足取りには迷いがありません。においは、だんだん強くなりました。

女の子がゆっくりと目をあけると、目の前に家があります。あの、小さな三角屋根の家です。まちがいありません。

においを強く感じたのは、窓があいているからでした。やっぱり、テーブルには、ろうそくの明かりがついています。そして、大中小三つの器には、なみなみとスープがそそがれていました。

女の子は、窓から身をのりいれるようにして、スープの方へ顔を近づけました。けれど、もう無断で家に入ることはしません。ただ、香りをすいこんでいるだけで、幸せな気持ちになれるのです。

と、そこへ、熊一家が散歩から帰ってきました。最初に女の子を見つけたのは、息子熊です。

「あっ、女の子だ！」

息子熊は、はずんだ声でいいました。その声に、女の子がふりむきます。おどろいた顔の女の子に、息子熊はやさしい声でいいました。

「こんにちは」

その声につられるように、女の子も、こんにちは、と答えました。

じつは、女の子には、友だちとよべる人がひとりもいませんでした。女の子にはかまってくれるおとながいなかったので、きたない身なりをしていたからです。だから女の子のまわりには、いつもドーナツのように、空気のわっかができていたのです。

女の子は、たった今、息子熊からふつうにあいさつをされたことに、とまどっていました。そして、息子熊もまた、女の子と同じ悩みをかかえていたのです。

森に住む熊は、年々へっています。熊が熊として森でくらすことが、むずかしくなってきているのです。唯一、家族ぐるみでつきあっていたべつの熊一家も、みずから人間にとらわれ、動物園でくらす道をえらんでいました。

だから息子熊は、遊び相手がほしかったのです。けれど、人間は熊を見ると、逃げるか死んだふりをするばかりで、友だちになどなってくれません。こんにちは、と女の子が返してくれたことに、息子熊はそれだけで有頂天になっていたのでした。

「ぼくは、タピオ」

息子熊は、自己紹介しながら、勇気をふりしぼって右手をさしだしました。その手を、女の子が受けとめます。おたがい、だれかと握手をするなんて初めてのこと。女の子は内心、熊の手がとてもふかふかとしてやわらかいことに、おどろいていました。

「わたしは……」

今度は女の子の番です。けれど、女の子には名前がありません。名前がないなんて、はずかしくて、タピオに打ちあけることができません。女の子がだまっていると、

「ぼくは、九歳。きみは？」

タピオがさらに質問しました。けれど女の子は、それにも答えることができません。女の子は、自分の誕生日を知らなかったのです。

「わからないの……」

女の子は、今にも消え入りそうな声でささやきます。すると、ふたりのようすを見守っていた母さん熊が、あいだに入っていいました。

「立ち話もなんだから、家に入ってお話ししましょう」

そして、ね、あなた、と父さん熊に目くばせします。

「そうだよ、タピオ。せっかく、かわいいおじょうさんと友だちになれたんだ。これから、いっしょに晩ごはんを食べよう」

父さん熊はそういうと、みずから先頭に立って家の中に入ります。

かわいいといわれた女の子は、うれしくてなりません。かわいいだなんて、一度もいわれたことがないのですから。

母さん熊が、女の子をうながします。女の子の忘れたかごは、きちんと台所においてありました。

女の子は、ふとわれにかえって、手にしている花のブーケを母さん熊にわたします。

「これ、このあいだスープをいただいたお礼です。勝手に飲んでしまって、ごめんなさい。それに、椅子もこわしちゃって……」

女の子は、せいいっぱいあやまりました。

それをきいた熊一家は、ブーケをよろこんでうけとりました。それからすぐに、もうひとつ、小さい器を出してきて、それぞれの器から、少しずつ、スープをわけてくれたのです。

女の子は、熊一家とともに食卓をかこみました。こんなに大勢で食事をするなんて、夢のようです。女の子はうれしくなって、夢中でスープを飲みました。おいしくて、おいしくて、いくらでもおなかに入りそうです。小さな器にたっぷりとよそってあったスープは、あっという間に女の子の胃袋におさまりました。

「ごちそうさまでした！」

女の子は、口のまわりをなめまわしながら元気よくいいました。本当は、まだまだおなかに入りそうですが、熊一家の三びきは、それぞれ、自分の器からスープをわけてくれたのです。わがままはいえません。
全員がスープを飲みおわると、母さん熊が戸だなからデザートを出してきました。
「プリン！」
タピオがさけびます。けれど、女の子には、それがどんな食べ物かわかりません。目の前に、平べったくてクリーム色をした、まるい台のようなものがおいてあるのです。そこへ、母さん熊が金色のとろりとした液体をたっぷりとかけました。
「これが、わが家に代々つたわる、森の熊のプリンなのよ」
ふしぎそうにそのようすを見ていた女の子に、母さん熊が教えてくれます。
「人間はカラメルという、砂糖からつくったあまいシロップをかけるんだが、われわれ熊の場合は、そこにハチミツをたっぷりかけて食べるんだ」
どんなことを話すときも、父さん熊には威厳がありました。そのあいだに、タピオは四枚の葉っぱのお皿を用意します。
こうして女の子は、生まれてはじめてプリンを口にしたのです。女の子は、自分の世界が大きくひろがるのを感じていました。ずっと今までひらくことのなかった扉が、向こう側へあけはなたれたような、そんな新鮮な光と風を味わっていたのです。

夕食後、女の子とタピオはふたりで遊びました。おたがい、人生初の「友だち」です。何をやっても、楽しくてなりません。熊一家のくらす小さな家に、明るい笑い声がひびきました。そして、遊びつかれたタピオと女の子は、父さん熊の広いベッドで、あっという間になかよくねむってしまったのです。

それから女の子は、お父さんが仕事で町に泊まるたびに、タピオの家へ遊びに行くようになりました。そのたびに熊一家は、女の子を歓迎しすぎるほど歓迎します。

それは、夏になるほんの少し前のこと。

女の子が熊一家の家をたずねると、めずらしく、三びきの熊がきちんとおめかししています。父さん熊は木の実でできたりっぱなかんむりをかぶり、母さん熊は草花であんだ花のかんむりをかぶり、タピオはかしわの葉っぱでつくったかんむりをかぶっていました。三びきとも、とても似合っています。

すると、母さん熊が、はい、と女の子の頭にも、きれいな草花でつくったかんむりをのせてくれたのです。

「じゃ、次は、お父さんがプレゼントする番だ」
父さん熊はほこらしげにそういうと、女の子をテレビ部屋に案内しました。
「すわってごらん」
女の子の前に、ゆり椅子をおきます。
それは、女の子の体にぴったりなサイズのゆり椅子でした。
「こっちにも、来てごらん」
父さん熊は反対側のドアをあけ、今度は女の子を寝室へと案内します。そこには、四台、ベッドがならんでいました。ブルーのベッドカバーがかけられたタピオのベッドの横には、同じくらいの大きさの、フリルのついたカバーがかけられたベッドがあるのです。
「もしかして、わたしのベッド?」
女の子は、うれしさのあまり今にも泣きだしそうになりました。自分のベッドがもらえるなんて、一生ないとあきらめていたのです。
「ありがとうございます」

女の子は、父さん熊に深々と頭をさげてお礼をしました。

「でも、プレゼントはこれだけじゃないよ」

そのようすを見ていたタピオが、じまんげにいいます。女の子が首をかしげると、タピオはもう待ちきれないといった表情で、女の子に近づきました。

「ぼくからのプレゼントは、きみの名前」

いいながら、タピオは急に緊張してきました。女の子が気にいってくれるか、自信がなくなってしまったのです。けれど、せっかく何日もかけて考えた女の子の名前を、今さら取り消すわけにもいきません。タピオは勇気をふりしぼって、女の子の名前を発表しました。

「カチューシャ」

自分では大きな声を出したつもりですが、実際には、リスのくしゃみ程度の声しか出ません。タピオはもう一回、くりかえしていいました。女の子はだまったままです。

タピオは、すっかり絶望した気持ちになりました。やっぱり、女の子には気に入ってもらえなかったんだ……。そう思うと、目に涙がにじんできます。タピオは、必死に泣くのをがまんしました。
けれど、じつは女の子は、うれしくて、うれしすぎて、なんていったらいいのかわからなかっただけなのです。
「カチューシャ」
今度は、女の子がいいました。
「カチューシャ」
もう一度、声に出してみると、よりすてきにひびきます。
「カチューシャ」
女の子の声は、どんどん大きくなりました。そしてついに、こうさけんだのです。
「わたしは、カチューシャ！　わたしの名前は、カチューシャといいます。今日からわたしは、カチューシャです！」
森全体に聞こえそうなほどの、はっきりとした声でした。そして、突然よろこびがこみあげてきて、その場でぴょんぴょんとびはねました。
「カチューシャ！」

タピオにも、女の子の、いやカチューシャのよろこびがつたわったのでしょう。こうして、女の子はカチューシャになったのです。

もともとカチューシャというのは、エカテリーナの愛称として使われている呼び名です。ですから、正式には女の子の名前はエカテリーナ、親しみをこめてカチューシャとよばれるというわけです。

それから、カチューシャと三びきの熊は、おめかししたまま散歩に出かけました。散歩は、熊一家にとって、とてもたいせつな営みです。たとえどんなに大きな悩みごとをかかえていても、散歩しながら空を見あげたり、風を感じたりすることで、悩みごとが悩みごとではなくなってしまうのです。

カチューシャも、三びきの熊と散歩するのがゆかいでなりません。ひとりで歩いていてもちっとも楽しくなどならないのに、三びきの熊といっしょに歩くだけで、同じ森の景色がちがって見えます。

ふだんは仏頂面をうかべている松の木が、カチューシャに笑いかけ、いつもはカチューシャをからかう鳥たちが、カチューシャちゃん、いっしょに歌いましょう、とさそってくれるのです。そうやって気持ちよく森の中を散歩したら、家に帰ってみんなでスープを飲むのがお決まりでした。

女の子はしだいに、熊一家の家ですごす時間が長くなりました。タピオとカチューシャは、ともに成長します。ふたりは、相手のことをとてもよく理解していました。

タピオには、カチューシャの孤独がよくわかります。だって、タピオを見ると、だれもが逃げてしまうのです。タピオは、本当はとてもやさしい性格です。それなのに、見た目はとてもこわかったから、それで相手に誤解されてしまうのです。

カチューシャも、美しい心の持ち主でした。けれど、見た目はとてもきれいとはいえません。だれかにやさしくしたくても、相手は、しっ、しっ、と野良猫を追いはらうようなしぐさで、カチューシャをはらいのけるのです。

ふたりはよく、木のぼりをして遊びました。

タピオには、木にのぼることなど、地面を歩くのと同じくらいかんたんなことです。カチューシャはタピオの背中にしがみついて、いっしょに木をのぼります。最初はとてもこわくて、毎回悲鳴をあげていました。けれど、だんだんとそれがおもしろくなってきたのです。

カチューシャの悲鳴は、やがて歓声へと変わりました。そしてタピオは、より高い場所へ、カチューシャをおんぶしてのぼるのです。

そうやって木にのぼると、ふたりは夜になるまでそこにいて、その場所から星空を見つめました。そんなときは、散歩もスープもお休みです。けれど、散歩よりもスープよりも、星空を見ることの方が、ふたりにとっては楽しいことでした。いつの間にか、カチューシャとタピオは、おたがいを好きになっていたのです。

やがて、カチューシャはタピオのお嫁さんになりました。白くて美しいレース編みのベールは、母さん熊がカチューシャのために植物の繊維であんでくれたものです。こうして、カチューシャとタピオは夫婦となり、カチューシャは熊一家の嫁として、森の奥の小さな家でいっしょにくらすようになったのです。カチューシャのお父さんもまた、結婚し、べつのところでくらしていました。

カチューシャとタピオには、たくさんの子どもが生まれました。熊と人間の子どもです。けれど、ふたりにとっては、相手が熊だろうが人間だろうが、気にすることで

はありません。それに、カチューシャもタピオも、森の民であることに変わりはないのです。

夕方になると、カチューシャはたくさんのスープをつくり、それをテーブルにならべたら、タピオといっしょに、大勢の子どもたちをつれて散歩に行きます。子どもたちには、それぞれすてきな名前がありました。もちろん、誕生日だってわかっています。

散歩から家に帰ったら、みんなでスープを飲みます。スープを飲んだら、デザートをいただきます。カチューシャは、母さん熊に教わって、ひとりでプリンもつくれるようになりました。プリンにかけるハチミツを集めるのは、タピオの仕事です。子どもたちは、父親がとってくるハチミツが好きで好きでなりません。

カチューシャは、プリンのかくし味にラベンダーをくわえます。それは、おさないころに、お父さんがカチューシャに教えてくれた花の名前です。カチューシャにとって唯一の、お父さんにまつわるあまい思い出です。カチューシャは、その思い出を、たいせつに胸の奥にしまっておきたかったのです。

けれど、カチューシャはいつか、自分が人間の子どもとして生まれたことを忘れてしまうかもしれません。子どもたちがそうであるように、カチューシャもまた、見た目は熊に近づいていました。カチューシャにとっては、それはとてもよろこばしいことでした。

デザートを食べおわったら、となりの部屋にうつり、今度はみんなでテレビを見ます。そしてテレビの時間がおわったら、寝室に行って、朝までぐっすりねむるのです。

カチューシャをやさしい心でむかえ入れてくれた父さん熊と母さん熊は、カチューシャが熊一家にとついで数年後、相次いでなくなりました。

今日も、熊一家は、みんなで森の中を散歩します。帰ってからおいしくスープを飲むために、夕暮れの森をじゃれあいながら歩くのです。

## ◆作者より

「三びきの熊」は、イギリスに古くから伝わる昔話です。それを、ロシアの文豪、トルストイが再話したことで有名になりました。

お話自体は、とてもシンプルです。女の子が留守中の熊の家にしのびこみ、スープを飲んだり、椅子にすわったり、ベッドに寝てみたりしていると、そこへ熊の一家が帰ってきて、女の子と鉢合わせするというものです。女の子は、あわてて熊の家から退散します。

イギリスやデンマーク、北欧には、「わたしたちの祖先は熊である」という言い伝えがのこされています。わたしたちの祖先は、熊と少女との結婚によって誕生した、という伝承です。

熊と人間が結婚するなんて、ふしぎに感じるかもしれませんが、きっと昔はもっともっと、熊と人が、おたがいのちがいを理解しながらも、相手を尊敬し、同じ生き物、同じ「森の民」として、なかよく暮らしていたように思うのです。この物語は、熊と人がともに幸せに暮らせることを願いながら書きました。

古典への扉

# 笑ったあとで背筋が寒くなるような

**村上しいこ「やねうらさま」**には、ブラックユーモアの味わいがあります。ブラックユーモアとは、「笑ったあとで背筋が寒くなるような、残酷さや不気味さを含んだユーモア。」（『大辞林』第三版）――これは、辞書にある説明です。末尾の「作者より」に名前のあがっているイギリスのサキも、まさにブラックユーモアの作家です。新潮文庫の『サキ短編集』（中村能三訳）などで代表作を読むことができます。「作者より」に特にタイトルが書きこまれた「開いた窓」は、岩波少年文庫の『八月の暑さのなかで　ホラー短編集』（金原瑞人編訳）に収められた十三の作品の一つでもあります（この本での訳題は「開け放たれた窓」）。

**二宮由紀子「魚心あれば？」**は、アンデルセン童話の「人魚姫」などからヒントを得た物語です。「人魚姫」の運命は、偕成社文庫（山室静訳）や岩波少年文庫（大畑末吉訳）の『アンデルセン童話集』（偕成社文庫は「小さい人魚姫」の題で収録）でたしかめてください。アンデルセンは、お姫様によりそって書いていますが、「魚心あれば？」の作者は、男の子の立場で女の子を批判的にながめるように書くのです。

**廣嶋玲子「迷い家」**は、山の中にあらわれる幻の家を描いています。これは、柳田国男が岩手県遠野郷に伝わるさまざまな話を聞き書きして、一九一〇年に刊行した『遠野物語』の第六十三話の内容をふまえています。『遠野物語』は、岩波文庫などで読めます。柏葉幸子編著『遠野物語』（偕成社）は、遠野のカッパが十二の話を語り直すかたちになっています。その四つめの章が「マヨイガ」です。

**小川糸「三びきの熊」**は、トルストイの同じ題の話をもとにしています。トルストイは、イギリスの昔話「金色の巻き毛の女の子と三びきのくま」をロシアの子どもたちのために書き直したのでした。トルストイの話は、福音館書店（バスネツォフ え／おがさわら とよき やく）やミキハウス（片山健絵／千野栄一訳）刊行の絵本にもなっています。ところが、小川糸の「三びきの熊」とトルストイは、結末が大きくちがいます。読みくらべてみてください。

（児童文学研究者　宮川健郎）

作者

## 村上しいこ

（むらかみ　しいこ）

三重県出身。『かめきちのおまかせ自由研究』で日本児童文学者協会新人賞、『れいぞうこのなつやすみ』でひろすけ童話賞、『うたうとは小さないのちひろいあげ』で野間児童文芸賞受賞。著書に『ダッシュ！』『教室の日曜日』など。

## 二宮由紀子

（にのみや　ゆきこ）

大阪府出身。「ハリネズミのプルプル」シリーズで赤い鳥文学賞、『ものすごくおおきなプリンのうえで』で日本絵本賞大賞受賞。著書に『コロッケくんのぼうけん』『うっかりウサギのう～んと長かった１日』『めざせ日本一！』『スイーツ駅伝』など。

## 廣嶋玲子

（ひろしま　れいこ）

神奈川県出身。『水妖の森』でジュニア冒険小説大賞受賞。『盗角妖伝』『送り人の娘』『ゆうれい猫ふくこさん』『魂を追う者たち』「ふしぎ駄菓子屋銭天堂」シリーズ、「はんぴらり！」シリーズ、「鬼ヶ辻にあやかしあり」シリーズなど。

## 小川　糸

（おがわ　いと）

山形県出身。著書に『ツバキ文具店』『食堂かたつむり』『つるかめ助産院』『今日の空の色』『にじいろガーデン』『ファミリーツリー』『ペンギンと青空スキップ』『さようなら、私』『こんな夜は』『海へ、山へ、森へ、町へ』『私の夢は』など。

画家

## 平尾直子

（ひらお　なおこ）

大阪府出身。月光荘画廊主催の公募展で月光荘賞受賞、雑誌「イラストレーション」主催の誌上コンペ「ザ・チョイス」入選。装画作品に『愛と日本語の惑乱』『素直に生きる100の講義』『怒れない人は損をする』『東京六大学のススメ』など。

装丁・本文デザイン　鷹觜麻衣子（たかのはし）
編集協力　宮田庸子

古典から生まれた新しい物語＊ふしぎな話
# 迷い家

発　行　2017年3月　初版1刷
編　者　日本児童文学者協会
画　家　平尾直子
発行者　今村正樹
発行所　株式会社偕成社（かいせいしゃ）
〒162-8450　東京都新宿区市谷砂土原町3-5
TEL.03-3260-3221（販売部）　03-3260-3229（編集部）
http://www.kaiseisha.co.jp/
印　刷　三美印刷株式会社
小宮山印刷株式会社
製　本　株式会社 常川製本

NDC913　116p.　20cm　ISBN978-4-03-539650-5
©2017, 日本児童文学者協会
Published by KAISEI-SHA. Printed in Japan.

乱丁本・落丁本はおとりかえいたします。
本のご注文は電話・FAXまたはEメールでお受けしています。
TEL : 03-3260-3221　Fax : 03-3260-3222
e-mail : sales@kaiseisha.co.jp

# 迷宮ケ丘シリーズ 全10巻

日本児童文学者協会…編

あたりまえの明日は、
もう約束されない……。
あなたに起こるかもしれない
奇妙な物語。

一丁目　窓辺の少年
二丁目　百年オルガン
三丁目　消失ゲーム
四丁目　身かわりバス
五丁目　瓶詰め男
六丁目　不自然な街
七丁目　虫が、ぶうん
八丁目　風を一ダース
九丁目　友だちだよね？
〇丁目　奇妙な掲示板

偕成社　四六判

時間をめぐる五つのお話

# Time Story

タイムストーリー

全10巻

第一期

5分間の物語

1時間の物語

1日の物語

3日間の物語

1週間の物語

第二期

5分間だけの彼氏

おいしい1時間

消えた1日をさがして

3日で咲く花

1週間後にオレをふってください

日本児童文学者協会 編

©磯 良一

# 古典から生まれた新しい物語

日本児童文学者協会 編

〈恋の話〉 迷宮の王子 スカイエマ・絵

〈冒険の話〉 墓場の目撃者 黒須高嶺・絵

〈おもしろい話〉 耳あり呆一 山本重也・絵

〈こわい話〉 第三の子ども 浅賀行雄・絵

〈ふしぎな話〉 迷い家 平尾直子・絵

©浅賀行雄